卞尺丹几乙し丹卞と

Translated Language Learning

Ο πρίγκιπας Υάκινθος και η αγαπημένη μικρή πριγκίπισσα

aux prigkipas yakinthos kai iii agapimeni mikri prigkipissa
Prince Hyacinth and the Dear Little Princess

Jeanne-Marie Leprince de Beaumont

Ελληνικά / ellinika / Greek

Copyright © 2023 Tranzlaty
All rights reserved
Published by Tranzlaty
ISBN: 978-1-83566-124-6
Original text by Jeanne-Marie Leprince de Beaumont
First published in French in 1756
Le Prince Desir et la Princesses Mignonne
Collected by Andrew Lang in the Blue Fairy Book
www.tranzlaty.com

Ο πρίγκιπας Υάκινθος και η αγαπημένη μικρή πριγκίπισσα

aux prigkipas yakinthos kai iii agapimeni mikri prigkipissa
Prince Hyacinth and the Dear Little Princess

Μια φορά κι έναν καιρό ζούσε ένας βασιλιάς
mia phora kie enan kairo zousse enas basilias
Once upon a time there lived a king
Αυτός ο βασιλιάς ήταν βαθιά ερωτευμένος με μια πριγκίπισσα
its aux basilias itan bathia eroteymenos me mia prigkipissa
this king was deeply in love with a princess
Αλλά δεν μπορούσε να παντρευτεί κανέναν
allow den mporouse nha pantreytei canenan
but she could not marry anyone
γιατί είχε μαγευτεί
giati eiche mageetei
because she had been enchanted
Έτσι ο βασιλιάς ξεκίνησε να αναζητήσει μια νεράιδα
etsi aux basilias xekinise nha anazitisei mia neraida
So the King set out to seek a fairy
ρώτησε πώς θα μπορούσε να κερδίσει την αγάπη της πριγκίπισσας
rotise pos t mporouse nha kerdisei then agapi ths prigkipissas
he asked how he could win the Princess's love
Η νεράιδα του είπε: «Ξέρεις ότι η πριγκίπισσα έχει μια μεγάλη γάτα»
iii neraida the eipe: «xeris oti iii prigkipissa echei mia

megali cat»
The Fairy said to him, "You know that the Princess
has a great cat"
"Είναι πολύ λάτρης αυτής της γάτας"
"einai poly latris its ths cats"
"she is very fond of this cat"
**«Και υπάρχει ένας άντρας που προορίζεται να
παντρευτεί»**
«kai yparchei enas andras pou proorizetai nha pantreytei»
"and there is a man she is destined to marry"
**"Οποιος είναι αρκετά έξυπνος για να πατήσει
στην ουρά της γάτας του"**
*"opoios einai arketa exypnos gia nha patisei sten oura ths
cats the"*
"Whoever is clever enough to tread on her cat's tail"
«Αυτός είναι ο άντρας που θα παντρευτεί»
«its einai aux andras pou t pantreytei»
"that is the man she will marry"

Ευχαρίστησε τη νεράιδα και έφυγε
eucharist the neraida kai efyge
he thanked the fairy and left
«Αυτό δεν πρέπει να είναι τόσο δύσκολο»,
σκέφτηκε ο βασιλιάς
«auto den prepei nha einai toso dyskolo», skeftike aux
basilias
"this should not be so difficult" the king thought to
himself
Θα έκανε περισσότερα από το να πατήσει στην
ουρά της γάτας
t ekane perissotera apo to nha patisei sten oura ths cats
he would do more than step on the cat's tail
Ήταν αποφασισμένος να αλέσει την ουρά της
γάτας σε σκόνη
itan apofasismenos nha alessey then oura ths cats so skoni
he was determined to grind the cat's tail into powder
σύντομα πήγε να δει την πριγκίπισσα
syntoma pige nha dei then prigkipissa
soon he went to see the Princess
Φυσικά πραγματικά ήθελε να δει τη γάτα
physics pragmatic ithele nha dei the cat
of course really he wanted to see the cat
Ως συνήθως, η γάτα περπατούσε μπροστά του
as synethos, iii cat perpatouse mprosta the
as usual, the cat walked around in front of him
Καμάρωσε την πλάτη του και μισούσε
kamarose then plati the kai missouse
he arched his back and miowed
Ο βασιλιάς έκανε ένα μεγάλο βήμα προς τη

γάτα
aux basilias ekane ein megalo bema pros the cat
The King took a long step towards the cat
Και νόμιζε ότι είχε την ουρά κάτω από το πόδι του
kai nomize oti eiche then oura kato apo to podi the
and he thought he had the tail under his foot
Αλλά η γάτα έκανε μια ξαφνική κίνηση
allow iii cat ekane mia xafniki kinisi
but the cat made a sudden move
Και ο βασιλιάς δεν πάτησε παρά μόνο στον αέρα
kai aux basilias den patise para menu ston aera
and the king trod on nothing but air
Έτσι συνεχίστηκε για οκτώ ημέρες
etsi synechist gia octo imeres
so it went on for eight days
ο βασιλιάς άρχισε να πιστεύει ότι η γάτα ήξερε το σχέδιό του
aux basilias archise nha pusted oti iii cat ixere to shedio the
the King began to think the cat knew his plan
Η ουρά του δεν έμεινε ποτέ ακίνητη ούτε για μια στιγμή
iii oura the den emeine pote akiniti oute gia mia stigmi
his tail was never still for a moment

Επιτέλους, όμως, ο βασιλιάς ήταν τυχερός
epitelous, omos, aux basilias itan tycheros
At last, however, the king was in luck

Είχε βρει τη γάτα να κοιμάται γρήγορα
eiche brei the cat nha koimatai grigora
he had found the cat fast asleep
Και η ουρά του ήταν βολικά απλωμένη
kai iii oura the itan bolic aplomene
and his tail was conveniently spread out
Ο βασιλιάς δεν έχασε χρόνο πριν ενεργήσει
aux basilias den echase chrono prima energize
the king did not lose any time before he acted
Και έβαλε το πόδι του ακριβώς στην ουρά της γάτας
kai evale to podi the akrivos sten oura ths cats
and he put his foot right on the cat's tail
Με μια καταπληκτική κραυγή η γάτα ξεπήδησε
me mia cataplectic kraugi iii cat xepidise
With one terrific yell the cat sprang up
Η γάτα άλλαξε αμέσως σε ψηλό άνδρα
iii cat allaxe amesos so psilo andra
the cat instantly changed into a tall man
Έστρεψε τα θυμωμένα μάτια του στον βασιλιά
estrepse ta thymomena matia the ston basilia
he fixed his angry eyes upon the King
«Θα παντρευτείς την πριγκίπισσα»
«t pantreuteis then prigkipissa»
"You shall marry the Princess"
"Επειδή μπόρεσες να σπάσεις τη γοητεία"
"epeides mporeses nha spaseis the goitia"
"because you have been able to break the
enchantment"

«μα θα πάρω την εκδίκησή μου»

«mi t paro then ecdicisi mia»

"but I will have my revenge"

«Θα έχεις γιο»

«t echeis gio»

"You shall have a son"

«Μα δεν θα έχεις ευτυχισμένο γιο»

«mi den t echeis eutychismeno gio»

"but you will not have a happy son"

«Ο μόνος τρόπος για να είναι ευτυχισμένος είναι αν ανακαλύψει ότι η μύτη του είναι πολύ μεγάλη»

«aux monos tropos gia nha einai eutychismenos einai anne anakalypsei oti iii myti the einai poly megali»

"the only way he can be happy is if finds out that his nose is too long"

"Αλλά δεν μπορείτε να πείτε σε κανέναν γι 'αυτό"

"allow den mporeite nha peite so canenan gi 'auto"

"but you can't tell anyone about this"

«Αν το πεις σε κάποιον, θα εξαφανιστείς αμέσως»

«anne to peis so kapion, t expanded amesos»

"if you tell anyone, you shall vanish away instantly"

«Και κανείς δεν θα σε ξαναδεί ούτε θα σε ακούσει ποτέ»

«kai kaneis den t so xanadei oute t so acusa pote»

"and no one shall ever see you or hear of you again"

ο βασιλιάς φοβόταν τον γητευτή

aux basilias fovotan ton giteute

the King was afraid of the enchanter

Αλλά δεν μπορούσε παρά να γελάσει με αυτή την απειλή

allow den mporouse para nha gelasei me ayti then apeilh

but he could not help laughing at this threat

«Αν ο γιος μου έχει τόσο μακριά μύτη, είναι βέβαιο ότι θα τη δει»

«anne aux gios mia echei toso makria myti, einai bebaio oti t the dei»

"If my son has such a long nose, he is bound to see it"

«Εκτός αν είναι τυφλός», είπε στον εαυτό του

«ektos anne einai tyflos», eipe ston eayto the

"unless he is blind" he said to himself

Αλλά ο γητευτής είχε ήδη εξαφανιστεί

allow aux giteutis eiche edi expanited

But the enchanter had already vanished

Έτσι δεν έχασε άλλο χρόνο σκεπτόμενος

etsi den echase allo chrono skeptomenos

so he did not waste any more time in thinking

αντ 'αυτού πήγε να αναζητήσει την πριγκίπισσα

ant 'autou pige nha anazitisei then prigkipissa

instead he went to seek the Princess

Και πολύ σύντομα συναίνεσε να τον παντρευτεί

kai poly syntoma synenese nha ton pantreytei

and very soon she consented to marry him

Ωστόσο, ο βασιλιάς δεν είχε πολλά από το γάμο του

ostoso, aux basilias den eiche polla apo to gamo the

the king did not have much from his marriage, however
δεν είχαν παντρευτεί πολύ καιρό όταν πέθανε ο βασιλιάς
den eichan pantreytei poly kairo otan pethane aux basilias
they had not been married long when the King died
και η βασίλισσα δεν είχε τίποτα άλλο να φροντίσει εκτός από τον μικρό γιο της
kai iii basilissa den eiche tipota allo nha frontisei ektos apo ton micro gio ths
and the Queen had nothing left to care for but her little son
Τον είχε ονομάσει Υάκινθο
ton eiche onomasei yakinthos
she had called him Hyacinth
Ο μικρός πρίγκιπας είχε μεγάλα μπλε μάτια
aux micros prigkipas eiche megala mple matia
The little Prince had large blue eyes
Ήταν τα ωραιότερα μάτια στον κόσμο
itan ta oraiotera matia ston kosmo
they were the prettiest eyes in the world
και είχε ένα γλυκό μικρό στόμα
kai eiche ein glyko micro stoma
and he had a sweet little mouth
Αλλά, αλίμονο! Η μύτη του ήταν τεράστια
allow, alimono! iii myti the itan terastia
but, alas! his nose was enormous
Κάλυπτε το μισό του πρόσωπο
calypte to miso the prosopo
it covered half his face

Η βασίλισσα ήταν απαρηγόρητη όταν είδε τη μεγάλη μύτη του
iii basilissa itan aparigoriti otan eide the megali myti the
The Queen was inconsolable when she saw his great nose

Οι κυρίες της προσπάθησαν να παρηγορήσουν τη βασίλισσα
oi kyries ths prospathesan nha parigorisoun the basilissa
her ladies tried to comfort the queen

"Δεν είναι πραγματικά τόσο μεγάλο όσο φαίνεται"
"den einai pragmatic toso megalo osho point"
"it is not really as large as it looks"

"είναι μια αξιοθαύμαστη ρωμαϊκή μύτη"
"einai mia axiothaumastis romaic myti"
"it is an admirable Roman nose"

«Όλοι οι μεγάλοι ήρωες είχαν μεγάλες μύτες»
«oli oi megaloi iroes eichan megales mytes»
"all the great heroes had large noses"

Η βασίλισσα ήταν αφοσιωμένη στο μωρό της
iii basilissa itan afosiomeni sto moro ths
The Queen was devoted to her baby

Και ήταν ευχαριστημένη με αυτό που της είπαν
kai itan eucharisted me auto pou ths eipan
and she was pleased with what they told her

κοίταξε ξανά τον Υάκινθο
kitaxe xana ton yakinthos
she looked at Hyacinth again

Και η μύτη του δεν φαινόταν πια τόσο μεγάλη
kai iii myti the den fenottan pia toso megali

and his nose didn't seem so large anymore
Ο πρίγκιπας ανατράφηκε με μεγάλη προσοχή
aux prigkipas anatrafike me megali prosochi
The Prince was brought up with great care
Περίμεναν να μπορέσει να μιλήσει
perimenan nha mporesei nha milisei
they waited for him to be able to speak
Και τότε άρχισαν να του λένε κάθε είδους ιστορίες:
kai tote archisan nha the lene kathe eidous istories:
and then they started to tell him all sorts of stories:
"Μην εμπιστεύεστε τους ανθρώπους με κοντή μύτη"
"mhn empistefeste these anthropous me konti myti"
"don't trust people with short noses"
"Οι μεγάλες μύτες είναι σημάδι νοημοσύνης"
"oi megales mytes einai simadi noimosyni"
"big noses are a sign of intelligence"
"Οι άνθρωποι με κοντή μύτη δεν έχουν ψυχή"
"oi anthropoi me konti myti den echoun psyche"
"short nosed people don't have a soul"
Είπαν οτιδήποτε μπορούσαν να σκεφτούν για να επαινέσουν τη μεγάλη μύτη του
eipan otidipote mporousan nha skeftoyn gia nha epainesoun the megali myti the
they said anything they could think of to praise his big nose
Μόνο εκείνοι με παρόμοιες μύτες επιτρεπόταν να τον πλησιάσουν
menu ekeinoi me paromoies mytes epitrepotan nha ton

plesiassis
only those with similar noses were allowed to come near him
Οι αυλικοί τράβηξαν ακόμη και τις μύτες των μωρών τους
oi aulic travixan akomi kai these mytes than moron these
the courtiers even pulled their own babies' noses
νόμιζαν ότι αυτό θα τους έφερνε σε εύνοια της βασίλισσας
nomizan oti auto t these efferne so eunoea ths basilissas
they thought this would get them into favour with the Queen
Αλλά το τράβηγμα της μύτης τους δεν βοήθησε πολύ
allow to travigma ths mytis these den boethese poly
But pulling their noses didn't help much
Οι μύτες τους δεν θα μεγάλωναν τόσο μεγάλες όσο του πρίγκιπα
oi mytes these den t megalonan toso megales osho the prigkipa
their noses wouldn't grow as big as the prince's
Όταν έγινε λογικός, έμαθε ιστορία
otan egine logic, emathe istoria
When he grew sensible he learned history
Μιλούσαν για μεγάλους πρίγκιπες και όμορφες πριγκίπισσες
milusan gia megalous prigkipes kai omorfes prigkipisses
great princes and beautiful princesses were spoken of
Και οι δάσκαλοί του φρόντιζαν πάντα να του

λένε ότι είχαν μακριές μύτες
*kai oi daskaloi the frontizan panda nha the lene oti eichan
makries mytes*
and his teachers always took care to tell him that
they had long noses
**Το δωμάτιό του ήταν κρεμασμένο με
φωτογραφίες ανθρώπων με πολύ μεγάλες
μύτες**
*to domatio the itan kremasmeno me photographs
anthropon me poly megales mytes*
His room was hung with pictures of people with
very large noses
**και ο πρίγκιπας μεγάλωσε πεπεισμένος ότι μια
μακριά μύτη ήταν ένα πράγμα ομορφιάς**
*kai aux prigkipas megalose pepeismenos oti mia makria
myti itan ein prague omorfias*
and the Prince grew up convinced that a long nose
was a thing of beauty
Δεν θα ήθελε να είχε κοντύτερη μύτη
den t ithele nha eiche kontiteri myti
he would not have liked to have had a shorter nose

Σύντομα ο πρίγκιπας θα γινόταν είκοσι
syntoma aux prigkipas t ginotan eikosi
soon the prince would be twenty
**έτσι η βασίλισσα σκέφτηκε ότι ήρθε η ώρα να
παντρευτεί**
etsi iii basilissa skeftike oti irthe iii ora nha pantreytei
so the Queen thought it was time that he got married
Έφερε πολλά πορτρέτα των πριγκίπισσες για

να δει
efere polla portraits than prigkipisses gia nha dei
she brought several portraits of the princesses for
him to see
**και ανάμεσα στα πορτρέτα ήταν μια εικόνα της
αγαπημένης μικρής πριγκίπισσας!**
*kai anamesa stou portraits itan mia icon ths agapimenes
mikris prigkipissas!*
and among the portraits was a picture of the dear
little Princess!
**Πρέπει να αναφερθεί ότι ήταν κόρη ενός
μεγάλου βασιλιά**
prepei nha anaferthei oti itan kori enos megalo basilia
it should be mentioned that she was the daughter of
a great king
Κάποια μέρα θα κατείχε η ίδια πολλά βασίλεια
kapia mera t kateikhe iii idia polla basel
some day she would possess several kingdoms
herself
**αλλά ο πρίγκιπας Υάκινθος δεν το σκέφτηκε
τόσο πολύ**
allow aux prigkipas yakinthos den to skeftike toso poly
but Prince Hyacinth didn't think so much about this
**Ήταν πάνω απ 'όλα εντυπωσιασμένος με την
ομορφιά της**
itan pano ap 'all entyposiasmenos me then omorfia ths
he was most of all struck with her beauty
Ωστόσο, είχε μια μικρή μύτη κουμπιού
ostoso, eiche mia mikri myti koumbi
however, she had a little button nose

Αλλά ήταν η ωραιότερη δυνατή μύτη
allow itan iii oraioteri dynati myti
but it was was the prettiest nose possible
Οι αυλικοί είχαν αποκτήσει τη συνήθεια να
γελούν με μικρές μύτες
oi aulic eichan apoktisei the synethia nha geloun me
mikres mytes
the courtiers had gotten into a habit of laughing at
little noses
Ήταν πολύ ενοχλητικό όταν γέλασαν με τη
μύτη της πριγκίπισσας
itan poly enochletic otan gelasan me the myti ths
prigkipissas
it was very embarrassing when they laughed at the
princess' nose
Ο πρίγκιπας δεν το εκτίμησε καθόλου
aux prigkipas den to estimated katholou
the prince did not appreciate this at all
Απέτυχε να δει το χιούμορ σε αυτό
apetikhe nha dei to chjumor so auto
he failed to see the humour in it
Στην πραγματικότητα, εξόρισε δύο από τους
αυλικούς του
sten pragmatic, exorise dyo apo these aulicus the
in fact, he banished two of his courtiers
επειδή ανέφεραν τη μικρή μύτη της
πριγκίπισσας
epeides aneferan the mikri myti ths prigkipissas
because they mentioned the princess' little nose
Οι άλλοι το εξέλαβαν αυτό ως προειδοποίηση

oi allo to expellent auto as preheidope
The others took this as a warning
Έμαθαν να σκέφτονται δύο φορές πριν μιλήσουν
emathan nha skeftontai dyo fores prima milisoun
they learned to think twice before they spoke
Και μάλιστα έφτασαν στο σημείο να επαναπροσδιορίσουν την ομορφιά
kai malista eftasan sto simeio nha epanaprosdioun then omorfia
and they one even went so far as to redefine beauty
"Ένας άνθρωπος δεν είναι τίποτα χωρίς μια μεγάλη χοντρή μύτη"
"enas anthropos den einai tipota choris mia megali chontri myti"
"a man is nothing without a big fat nose"
«Αλλά η ομορφιά μιας γυναίκας είναι πολύ διαφορετική»
«allow iii omorfia mias gynaikas einai poly differed»
"but a woman's beauty is very different"

ήξερε έναν μορφωμένο άνθρωπο που καταλάβαινε ελληνικά
ixere enan morphomeno anthropos pou catalavaine ellinika
he knew a learned man who understood Greek
προφανώς η ίδια η όμορφη Κλεοπάτρα είχε μια μικρή μύτη!
profanos iii idia iii omorfi kleopatra eiche mia mikri myti!
apparently the beautiful Cleopatra herself had a little nose!

Ο πρίγκιπας του έκανε ένα ωραίο δώρο ως
ανταμοιβή για τα καλά νέα
*aux prigkipas the ekane ein oraio doro as antamoibi gia ta
kala new*
The Prince gave him a nice present as a reward for
the good news
Έστειλε πρεσβευτές στο κάστρο της
estile presbeutes sto castro ths
he sent ambassadors to her castle
ζήτησαν από την αγαπητή μικρή πριγκίπισσα
να παντρευτεί τον πρίγκιπα
*zitisan apo then agapiti mikri prigkipissa nha pantreytei
ton prigkipa*
they asked the dear little Princess to marry the prince
Ο βασιλιάς, ο πατέρας της, έδωσε τη
συγκατάθεσή του
aux basilias, aux pateras ths, edose the sygkatathesi the
The King, her father, gave his consent
Ο πρίγκιπας Υάκινθος πήγε αμέσως να τη
συναντήσει
aux prigkipas yakinthos pige amesos nha the synantisei
Prince Hyacinth immediately went to meet her
Προχώρησε να της φιλήσει το χέρι
progressed nha ths filisei to car
he advanced to kiss her hand
Αλλά ξαφνικά ακούστηκε μια έκρηξη καπνού
allow xafnika akoustike mia ekrixi kapnou
but suddenly there was a burst of smoke
Όλοι όσοι ήταν εκεί έμειναν έκπληκτοι
oli osi itan ekei emeinan explicts

all that were there gasped in astonishment

Ο Γητευτής είχε εμφανιστεί τόσο ξαφνικά όσο μια αστραπή

aux giteutis eiche emphanist toso xafnika osho mia astrapi

the enchanter had appeared as suddenly as a flash of lightning

άρπαξε την αγαπημένη μικρή πριγκίπισσα

arpaxe then agapimeni mikri prigkipissa

he snatched up the dear little Princess

Και την έσπρωξε μακριά από τα μάτια του!

kai then esproxe makria apo ta matia the!

and he whirled her away out of sight!

Ο πρίγκιπας έμεινε απαρηγόρητος

aux prigkipas emeine aparigoritos

The Prince was left quite inconsolable

Τίποτα δεν μπορούσε να τον κάνει να
επιστρέψει στο βασίλειό του
*tipota den mporouse nha ton kani nha epistrepsei sto basil
the*
nothing could induce him to go back to his kingdom
Έπρεπε να τη βρει ξανά
eprepe nha the brei xana
he had to find her again
Αλλά αρνήθηκε να επιτρέψει σε κανέναν από
τους αυλικούς του να τον ακολουθήσει
*allow arnithike nha epitrepsei so canenan apo these aulicus
the nha ton akolouthisei*
but he refused to allow any of his courtiers to follow
him
Ανέβηκε στο άλογό του και έφυγε λυπημένος
anevike sto alogo the kai efyge lypimenos
he mounted his horse and rode sadly away
Και άφησε το ζώο να επιλέξει ποιο μονοπάτι θα
πάρει
kai afise to zoo nha epilexei poio monopati t parei
and he let the animal choose which path to take

Οδήγησε μέχρι μια μεγάλη κοιλάδα
odigise mechri mia megali koilada
he rode all the way to a great valley
Το διέσχισε όλη μέρα
to dieschise whole mera
he rode across it all day long
Και όλη μέρα δεν είδε ούτε ένα σπίτι
kai whole mera den eide oute ein spot

and all day he didn't see a single house
Το άλογο και ο αναβάτης ήταν τρομερά πεινασμένοι
to alogo kai aux anavatis itan tromera pinasmenoi
the horse and rider were terribly hungry
Καθώς έπεφτε η νύχτα, ο πρίγκιπας είδε ένα φως
kathos epefte iii night, aux prigkipas eide ein fos
as the night fell, the Prince caught sight of a light
φαινόταν να λάμπει από μια σπηλιά
fenottan nha lampei apo mia spilia
it seemed to shine from a cavern
Ανέβηκε στο φως
anevike sto fos
He rode up to the light
Εκεί είδε μια μικρή γριά
ekei eide mia mikri gria
there he saw a little old woman
Φαινόταν να είναι τουλάχιστον εκατό ετών
fenottan nha einai tulachist ekato eton
she appeared to be at least a hundred years old
Φόρεσε τα γυαλιά της για να κοιτάξει τον πρίγκιπα Υάκινθο
forrese ta gialia ths gia nha koitaxei ton prigkipa yakinthos
She put on her spectacles to look at Prince Hyacinth
Πέρασε πολύς καιρός μέχρι να μπορέσει να εξασφαλίσει τα γυαλιά της
perase polys caerus mechri nha mporesei nha exasphale ta gialia ths
it was quite a long time before she could secure her

spectacles
γιατί η μύτη της ήταν πολύ κοντή!
giati iii myti ths itan poly konti!
because her nose was very short!
Έτσι, όταν είδαν ο ένας τον άλλον, ξέσπασαν σε γέλια
etsi, otan eidan aux enas ton allon, xespasan so gelia
so when they saw each other they burst into laughter
«Ω, τι αστεία μύτη!» αναφώνησαν ταυτόχρονα
«aux, the asteia myti!» anafonisan tautochronism
"Oh, what a funny nose!" they exclaimed at the same time
«Δεν είναι τόσο αστείο όσο η μύτη σου», είπε ο πρίγκιπας Υάκινθος στη νεράιδα
«den einai toso astio osho iii myti sou», eipe aux prigkipas yakinthos sti neraida
"it's not as funny as your nose" said Prince Hyacinth to the Fairy
(γιατί νεράιδα είναι αυτό που ήταν)
(giati neraida einai auto pou itan)
(because a fairy is what she was)
"Κυρία, σας ικετεύω να αφήσετε την εξέταση της μύτης μας"
"kyria, sas iketeyo nha afisete then exetasis ths mytis mas"
"madam, I beg you to leave the consideration of our noses"
"Ακόμα κι αν η μύτη σου είναι πολύ αστεία"
"akoma kie anne iii myti sou einai poly asteia"
"even though your nose is very funny"
"Να είσαι αρκετά καλός για να μου δώσεις κάτι

να φάω"
"nha eisai arketa kalos gia nha mia doses katie nha fao"
"be good enough to give me something to eat"
«Είχα ιππεύσει όλη μέρα και λιμοκτονώ»
«eicha ippeysei whole mera kai limoctones»
"I had ridden all day and I am starving"
«Και το φτωχό μου άλογο λιμοκτονεί επίσης»
«kai to ftocho mia alogo limoctones episis»
"and my poor horse is starving too"
Η νεράιδα απάντησε στον πρίγκιπα
iii neraida apantise ston prigkipa
the fairy replied to the prince
"Η μύτη σου είναι πραγματικά πολύ γελοία"
"iii myti sou einai pragmatic poly geloia"
"your nose really is very ridiculous"
«Μα είσαι ο γιος του καλύτερου φίλου μου»
«mi eisai aux gios the kalyteros filou mia»
"but you are the son of my best friend"
«Αγαπούσα τον πατέρα σου σαν να ήταν αδελφός μου»
«agapousa ton patera sou shan nha itan adelfos mia»
"I loved your father as if he had been my brother"
«Ο πατέρας σου είχε πολύ όμορφη μύτη!»
«aux pateras sou eiche poly omorfi myti!»
"your father had a very handsome nose!"
Ο πρίγκιπας σάστισε με αυτό που είπε η νεράιδα
aux prigkipas sastise me auto pou eipe iii neraida
the prince was baffled at what the fairy said
"Τι λείπει από τη μύτη μου;"

"the leipei apo the myti mia;"

"what does my nose lack?"

«Ω! δεν του λείπει τίποτα», απάντησε η νεράιδα

«aux! den the leipei tipota», apantise iii neraida

"Oh! it doesn't lack anything" replied the Fairy

«Αντιθέτως!»

«antithetos!»

"On the contrary!"

"Υπάρχει πάρα πολύ από τη μύτη σας!"

"yparchei para poly apo the myti sas!"

"there is too much of your nose!"

"Αλλά δεν πειράζει για τις μύτες"

"allow den peirazei gia these mytes"

"But never mind about noses"

"Κάποιος μπορεί να είναι ένας πολύ άξιος άνθρωπος παρά το γεγονός ότι η μύτη σας είναι πολύ μεγάλη"

"kapoios mporei nha einai enas poly axios anthropos para to gegonos oti iii myti sas einai poly megali"

"one can be a very worthy man despite your nose being too long"

«Σου έλεγα ότι ήμουν φίλος του πατέρα σου»

«sou elega oti imoun filos the patera sou»

"I was telling you that I was your father's friend"

«Ερχόταν συχνά να με δει τα παλιά χρόνια»

«erchotan sikhna nha me dei ta palia chronia»

"he often came to see me in the old times"

"και πρέπει να ξέρετε ότι ήμουν πολύ όμορφη εκείνες τις μέρες"

"kai prepei nha xerete oti imoun poly omorfi ekeines these

meres"

"and you must know that I was very pretty in those days"

«Τουλάχιστον, συνήθιζε να το λέει»

«tulachist, synithize nha to leei»

"at least, he used to say so"

«την τελευταία φορά που τον είδα έγινε μια συζήτηση που είχαμε»

«then teleytaia phora pou ton eida egine mia syzitisi pou eichame»

"the last time I saw him there was a conversation we had"

«Θα ήθελα να σας πω για αυτή τη συζήτηση»

«t ithela nha sas pau gia ayti the syzitisi»

"I would like to tell you of this conversation"

«Θα ήθελα πολύ να το ακούσω», είπε ο πρίγκιπας

«t ithela poly nha to akouso», eipe aux prigkipas

"I would love to hear it" said the Prince

"Αλλά ας φάμε πρώτα"

"allow as fame prota"

"but let us please eat first"

"Δεν έχω φάει τίποτα όλη μέρα"

"den echo faei tipota whole mera"

"I have not eaten anything all day"

«Το καημένο το αγόρι έχει δίκιο», είπε η νεράιδα

«to kaimeno to agori echei dikio», eipe iii neraida

"The poor boy is right" said the Fairy

«Έλα μέσα και θα σου δώσω λίγο δείπνο»

«ela mesha kai t sou doso ligo dipno»
"Come in, and I will give you some supper"
"ενώ τρως μπορώ να σου πω την ιστορία μου"
"uno tros mporo nha sou pau then istoria mia"
"while you are eating I can tell you my story"
«Είναι μια ιστορία πολύ λίγων λέξεων»
«einai mia istoria poly ligon lexeon»
"it is a story of very few words"
«γιατί δεν μου αρέσουν οι ιστορίες που
συνεχίζονται για πάντα»
«giati den mia aresoun oi istories pou synechized gia
panda»
"because I don't like stories that go on for ever"
"Η πολύ μακριά γλώσσα είναι χειρότερη από
μια πολύ μακριά μύτη"
"iii poly makria glossa einai geiroteri apo mia poly makria
myti"
"Too long a tongue is worse than too long a nose"
«Όταν ήμουν νέος, με θαύμαζαν που δεν ήμουν
μεγάλος φλύαρος»
«otan imoun neos, me thaumazan pou den imoun megalos
phlyarus»
"when I was young I was admired for not being a
great chatterer"
«Συνήθιζαν να λένε στη βασίλισσα, στη μητέρα
μου, ότι ήταν έτσι»
«synethizan nha lene sti basilissa, sti mother mia, oti itan
etsi»
"They used to tell the Queen, my mother, that it was
so"

«βλέπεις τι είμαι τώρα»
«blepeis the eimai there»
"you see what I am now"
«μα ήμουν κόρη μεγάλου βασιλιά»
«mi imoun kori megalo basilia»
"but I was the daughter of a great king"
Ο πατέρας μου...»
aux pateras mia...»
My father..."
«Ο πατέρας σου είχε κάτι να φάει όταν
πεινούσε!» διέκοψε ο πρίγκιπας
«aux pateras sou eiche katie nha faei otan peinouse!»
dekipse aux prigkipas
"Your father got something to eat when he was
hungry!" interrupted the Prince
«Ω! Βεβαίως», απάντησε η Νεράιδα
«aux! bebaios», apantise iii neraida
"Oh! certainly" answered the Fairy
«Και θα δειπνήσετε κι εσείς»
«kai t dipnessed kie eseis»
"and you also shall have supper too"
«Ήθελα απλώς να σου πω...» Συνέχισε
«ithela aplos nha sou pau...» synchise
"I just wanted to tell you..." she continued
"Αλλά πραγματικά δεν μπορώ να ακούσω
μέχρι να φάω κάτι"
*"allow pragmatic den mporo nha akouso mechri nha fao
katie"*
"But I really cannot listen until I have had something
to eat"

ο πρίγκιπας θύμωνε αρκετά

aux prigkipas thymone arketa

the Prince was getting quite angry

Αλλά θυμήθηκε ότι καλύτερα να είναι ευγενικός

allow thymithike oti kalytera nha einai eugenic

but he remembered he had better be polite

χρειαζόταν πραγματικά τη βοήθεια της νεράιδας

chreiazotan pragmatic the boetheia ths neraidas

he really needed the Fairy's help

«Στην ευχαρίστηση να σε ακούσω, μπορεί να ξεχάσω τη δική μου πείνα»

«sten eucharistic nha so akouso, mporei nha xechaso the diki mia peina»

"in the pleasure of listening to you I might forget my own hunger"

«Μα το άλογό μου δεν μπορεί να σε καταλάβει»

«mi to alogo mia den mporei nha so katalavei»

"but my horse cannot understand you"

«Πρέπει να έχει λίγο φαγητό!»

«prepei nha echei ligo fageto!»

"he must have some food!"

Η νεράιδα κολακεύτηκε πολύ από αυτό το κομπλιμέντο

iii neraida kolakeutike poly apo auto to compliment

The Fairy was very much flattered by this compliment

Και φώναξε τους υπηρέτες της

kai phonaxe these ypiretes ths

and she called to her servants
«Δεν θα περιμένεις άλλο λεπτό»
«den t perimenis allo lepto»
"You shall not wait another minute"
"Είσαι πραγματικά πολύ ευγενικός"
"eisai pragmatic poly eugenic"
"you really are very polite"
"Και παρά το τεράστιο μέγεθος της μύτης σας, είστε πραγματικά πολύ ωραίοι"
"kai para to terastio megethus ths mytis sas, esti pragmatic poly oraioi"
"and in spite of the enormous size of your nose you are really very nice"
«Κατάρα τη γριά!» είπε ο πρίγκιπας στον εαυτό του
«katara the gria!» eipe aux prigkipas ston eayto the
"curse the old lady!" said the Prince to himself
«Δεν θα σταματήσει να μιλάει για τη μύτη μου!»
«den t stamatisei nha milaei gia the myti mia!»
"she won't stop going on about my nose!"
«Είναι σαν η μύτη μου να έχει πάρει όλο το μήκος που λείπει από τη μύτη της!»
«einai shan iii myti mia nha echei parei whole to mikos pou leipei apo the myti ths!»
"it's as if my nose had taken all the length her nose lacks!"
«Αν δεν ήμουν τόσο πεινασμένος θα άφηνα αυτή τη φλυαρία»
«anne den imoun toso pinasmenos t afina ayti the flyaria»

"If I were not so hungry I would leave this
chatterpie"
«Νομίζει μάλιστα ότι μιλάει ελάχιστα!»
«nemizei malista oti milaei elachista!»
"she even thinks she talks very little!"
«Γιατί μπορούν οι ηλίθιοι άνθρωποι να μην
βλέπουν τα δικά τους σφάλματα!»
«giati mporoun oi elithioi anthropoi nha mhn blepoun ta
dika these sfalmata!»
"why can stupid people not to see their own faults!"
«Αυτό συμβαίνει όταν είσαι πριγκίπισσα»
«auto symvainei otan eisai prigkipissa»
"That is what happens when you are a princess"
«Την έχουν κακομάθει οι κόλακες»
«then echoun kakomathei oi colaces»
"she has been spoiled by flatterers"
«Την έκαναν να πιστέψει ότι είναι μετριοπαθής
ομιλήτρια!»
«then ekanan nha pistepsei oti einai metriopath omilitria!»
"they have made her believe that she is a moderate
talker!"

Εν τω μεταξύ, οι υπηρέτες έβαζαν το δείπνο στο
τραπέζι
in the metaxy, oi ypiretes evazan to dipno sto trapezi
Meanwhile, the servants were putting the supper on
the table
Η νεράιδα τους έκανε χίλιες ερωτήσεις
iii neraida these ekane kilos erotiseis
the fairy asked them a thousand questions

Ο πρίγκιπας το βρήκε πολύ διασκεδαστικό
aux prigkipas to brece poly diaskedastiko
the prince found this very amusing
Γιατί πραγματικά ήθελε απλώς να ακούσει τον
εαυτό της να μιλάει
giati pragmatic ithele aplos nha acusa ton eayto ths nha
milaei
because really she just wanted to hear herself speak
Υπήρχε μια υπηρέτρια που ο πρίγκιπας
παρατήρησε ιδιαίτερα
ypirche mia ypiretria pou aux prigkipas paratirise idietera
there was one maid the prince especially noticed
Πάντα έβρισκε έναν τρόπο να επαινεί τη σοφία
της ερωμένης της
panda evriske enan thereby nha epainei the sofia ths
eromeni ths
she always found a way to praise her mistress's
wisdom
Καθώς έτρωγε το δείπνο του, σκέφτηκε: «Είμαι
πολύ χαρούμενος που ήρθα εδώ»
kathos etroge to dipno the, skeftike: «eimai poly
charoumenos pou irtha edo»
as he ate his supper he thought, "I'm very glad I
came here"
«Αυτό μου δείχνει πόσο λογικός ήμουν»
«auto mia deichnei poso logic imoun»
"This shows me how sensible I have been"
«Ποτέ δεν άκουσα κόλακες»
«pote den akousa colaces»
"I have never listened to flatterers"

«Άνθρωποι αυτού του είδους μας επαινούν στα
πρόσωπά μας χωρίς ντροπή»
«anthropoi autou the eidous mas epainoun stou prosopa
mas choris ntropi»
"People of that sort praise us to our faces without
shame"
«Και κρύβουν τα ελαττώματά μας»
«kai kryvoun ta elattomas mas»
"and they hide our faults"
«ή μετατρέπουν τα ελαττώματά μας σε αρετές»
«a metatrepoyn ta elattomas mas so aretes»
"or they change our faults into virtues"
«Δεν θα πιστέψω ποτέ τους ανθρώπους που με
κολακεύουν»
«den t pistepso pote these anthropous pou me kolakeun»
"I will never believe people who flatter me"
«Γνωρίζω τα ελαττώματά μου, ελπίζω»
«gnorizo ta elattomas mia, elpizo»
"I know my own defects, I hope"
Ο καημένος ο πρίγκιπας Υάκινθος πίστευε
πραγματικά αυτά που έλεγε
aux kaimenos aux prigkipas yakinthos pisteye pragmatic
id pou elege
Poor Prince Hyacinth really believed what he said
Δεν ήξερε ότι οι άνθρωποι γελούσαν μαζί του
den ixere oti oi anthropoi gelousan mazi the
he didn't know that the people laughed at him
Επαίνεσαν τη μύτη του όταν ήταν μαζί του
epainesan the myti the otan itan mazi the
they praised his nose when they were with him

Αλλά όταν δεν ήταν εκεί, κορόιδευαν τη μύτη του
allow otan den itan ekei, coroideyan the myti the
but when he wasn't there, they mocked his nose
*και η υπηρέτρια της νεράιδας γελούσαν μαζί της
με τον ίδιο τρόπο*
kai iii ypiretria ths neraidas gelousan mazi ths me ton idio
thereby
and the Fairy's maid were laughing at her the same
way
*Ο πρίγκιπας είχε δει μια από τις υπηρέτριες να
γελάει πονηρά*
aux prigkipas eiche dei mia apo these ypiretries nha gelaei
ponira
the Prince had seen one of the maids laugh slyly
*νόμιζε ότι θα μπορούσε να το κάνει χωρίς να την
προσέξει η Νεράιδα*
nomize oti t mporouse nha to kani choris nha then
prosexei iii neraida
she thought she could do so without the Fairy
noticing her
Ωστόσο, δεν είπε τίποτα
ostoso, den eipe tipota
However, he said nothing
Και η πείνα του είχε αρχίσει να κατευνάζεται
kai iii peina the eiche archisei nha kateunazetai
and his hunger was beginning to be appeased
Σύντομα η νεράιδα άρχισε να μιλάει ξανά
syntoma iii neraida archise nha milaei xana
soon the fairy started speaking again
«Αγαπητέ μου Πρίγκιπα, θα μπορούσες σε

παρακαλώ να κινηθείς λίγο περισσότερο προς αυτή την κατεύθυνση;»
«agapite mia prigkipa, t mporouses so parakalo nha kinetheus ligo perissotero pros ayti then kateythynsi;»
"My dear Prince, would you please move a little more that way"
Η μύτη σου ρίχνει μια πολύ μεγάλη σκιά"
"iii myti sou richney mia poly megali skia"
"your nose casts a very long shadow"
Πραγματικά δεν μπορώ να δω τι έχω στο πιάτο μου"
"pragmatic den mporo nha thaw the echo sto piato mia"
"I really cannot see what I have on my plate"

Ο πρίγκιπας υποχρέωσε περήφανα τη νεράιδα
aux prigkipas ypochreose perifana the neraida
the prince proudly obliged the fairy
«Τώρα ας μιλήσουμε για τον πατέρα σου»

«there as milisoume gia ton patera sou»
"Now let us speak of your father"
«Όταν πήγα στην Αυλή του ήταν μόνο ένας νεαρός άνδρας»
«otan piga sten aule the itan menu enas nearos andras»
"When I went to his Court he was only a young man"
"Αλλά αυτό ήταν πριν από μερικά χρόνια"
"allow auto itan prima apo merika chronia"
"but that was some years ago"
«Βρίσκομαι σε αυτό το έρημο μέρος από τότε»
«briscomai so auto to erimo meros apo tote»
"I have been in this desolate place ever since"
«Πες μου τι συμβαίνει στις μέρες μας»
«pes mia the symvainei sites meres mas»
"Tell me what goes on nowadays"
"Είναι οι κυρίες τόσο λάτρης της διασκέδασης όσο ποτέ;"
"einai oi kyries toso latris ths diskedasis osho pote;"
"are the ladies as fond of amusement as ever?"
«Στην εποχή μου τους έβλεπα σε πάρτι κάθε μέρα»
«sten epoch mia these evlepa so party kathe mera»
"In my time I saw them at parties every day"
«Θεέ μου! Τι μακριά μύτη έχεις!»
«thee mia! the makria myti echeis!»
"Goodness me! what a long nose you have!"
«Δεν μπορώ να το συνηθίσω!»
«den mporo nha to synithiso!»
"I cannot get used to it!"

«Σας παρακαλώ, κυρία», είπε ο πρίγκιπας
«sas parakalo, kyria», eipe aux prigkipas
"Please, madam" said the Prince
«Μακάρι να μην αναφερθείς στη μύτη μου»
«makari nha mhn anaphertheis sti myti mia»
"I wish you would refrain from mentioning my
nose"
«Δεν έχει σημασία για σένα πώς είναι»
«den echei sense gia senna pos einai»
"It cannot matter to you what it is like"
"Είμαι αρκετά ικανοποιημένος με αυτό"
"eimai arketa ikanopiimenos me auto"
"I am quite satisfied with it"
"και δεν έχω καμία επιθυμία να έχω πιο κοντή
μύτη"
"kai den echo kamia epithymia nha echo pio konti myti"
"and I have no wish to have a shorter nose"
«Πρέπει κανείς να πάρει αυτό που του δίνεται»
«prepei kaneis nha parei auto pou the dinetai»
"One must take what one is given"
«Τώρα είσαι θυμωμένος μαζί μου, καημένε μου
Υάκινθο», είπε η νεράιδα
«there eisai thymomenos mazi mia, kaimene mia
yakinthos», eipe iii neraida
"Now you are angry with me, my poor Hyacinth"
said the Fairy
«Σας διαβεβαιώνω ότι δεν ήθελα να σας
εξοργίσω»
«sas diavevaiono oti den ithela nha sas exorgiso»
"I assure you that I didn't mean to vex you"

«Είναι το αντίθετο. Ήθελα να σας κάνω μια υπηρεσία"
«einai to antithetic. ithela nha sas canoe mia ypiresia"
"it is on the contrary; I wished to do you a service"
«Δεν μπορώ να βοηθήσω τη μύτη σου να είναι σοκ για μένα»
«den mporo nha boetheso the myti sou nha einai shock gia menna»
"I cannot help your nose being a shock to me"
"γι 'αυτό θα προσπαθήσω να μην πω τίποτα γι 'αυτό"
"gi 'auto t prospathiso nha mhn pau tipota gi 'auto"
"so I will try not to say anything about it"
"Θα προσπαθήσω ακόμη και να σκεφτώ ότι έχετε μια συνηθισμένη μύτη"
"t prospathiso akomi kai nha skefto oti echete mia synithismeni myti"
"I will even try to think that you have an ordinary nose"
«μα πρέπει να σου πω την αλήθεια»
«mi prepei nha sou pau then aletheia»
"but I must tell you the truth"
"Θα μπορούσατε να κάνετε τρεις λογικές μύτες από τη μύτη σας"
"t mporousate nha kanete treis logic mytes apo the myti sas"
"you could make three reasonable noses out of your nose"
Ο πρίγκιπας δεν πεινούσε πια
aux prigkipas den peinouse pia

The Prince was no longer hungry
*Είχε γίνει ανυπόμονος με τα συνεχή σχόλια της
Νεράιδας για τη μύτη του*
*eiche gain anypomonos me ta synechi scholia ths neraidas
gia the myti the*
he had grown impatient at the Fairy's continual
remarks about his nose
Τελικά πήδηξε πίσω στο άλογό του
telika pidixe piso sto alogo the
finally he jumped back upon his horse
Και έφυγε βιαστικά
kai efyge biastic
and he rode hastily away
*Αλλά όπου κι αν ερχόταν στο ταξίδι του, νόμιζε
ότι οι άνθρωποι ήταν τρελοί*
*allow opou kie anne erchotan sto taksidi the, nomize oti oi
anthropoi itan treloi*
But wherever he came in his journey he thought the
people were mad
γιατί όλοι μιλούσαν για τη μύτη του
giati oli milusan gia the myti the
because they all talked of his nose
*Και όμως δεν μπορούσε να παραδεχτεί ότι ήταν
πολύ μεγάλο*
kai omos den mporouse nha presed oti itan poly megalo
and yet he could not bring himself to admit that it
was too long
Είχε συνηθίσει να τον αποκαλούν πάντα όμορφο
eiche synithisei nha ton apokaloun panda omorfo
he was used to always being called handsome

Η παλιά νεράιδα ήθελε να κάνει τον πρίγκιπα ευτυχισμένο
iii palia neraida ithele nha kani ton prigkipa eutychismeno
The old Fairy wished to make the prince happy
Και τελικά αποφάσισε για ένα κατάλληλο σχέδιο
kai telika apophasise gia ein catallelos shedio
and at last she decided on a suitable plan
Έχτισε ένα παλάτι από κρύσταλλο
extise ein palate apo krystallo
she built a palace made of crystal
και έκλεισε την αγαπημένη μικρή πριγκίπισσα στο παλάτι
kai eklise then agapimeni mikri prigkipissa sto palate
and she shut the dear little Princess up in the palace
Και έβαλε αυτό το παλάτι εκεί που ο πρίγκιπας δεν θα παρέλειπε να το βρει
kai evale auto to palate ekei pou aux prigkipas den t pareleipe nha to brei
and she put this palace where the Prince would not fail to find it
Η χαρά του που είδε ξανά την πριγκίπισσα ήταν ακραία
iii chara the pou eide xana then prigkipissa itan acriae
His joy at seeing the Princess again was extreme
Και άρχισε να εργάζεται με όλες του τις δυνάμεις για να προσπαθήσει να σπάσει τη φυλακή της
kai archise nha ergazetai me oles the these dynameis gia nha prospathesei nha spasei the filaki ths
and he set to work with all his might to try to break

her prison

Αλλά παρ' όλες τις προσπάθειές του απέτυχε
allow par' oles these prospatheies the apetikhe
but in spite of all his efforts he failed

Απελπίστηκε από την κατάστασή του
apelpiste apo then catastasis the
he despaired at his situation

αλλά ίσως θα μπορούσε τουλάχιστον να μιλήσει
στην αγαπητή μικρή πριγκίπισσα
allow isos t mporouse tulachist nha milisei sten agapiti
mikri prigkipissa
but perhaps he could at least speak to the dear little
Princess

Εν τω μεταξύ, η πριγκίπισσα άπλωσε το χέρι της
in the metaxy, iii prigkipissa aplose to car ths
meanwhile the princess stretched out her hand

Άπλωσε το χέρι της για να μπορέσει να φιλήσει το
χέρι της
aplose to car ths gia nha mporesei nha filisei to car ths
she held her hand out so that he could kiss her hand

Έστρεψε τα χείλη του προς κάθε κατεύθυνση
estrepse ta cail the pros kathe kateythynsi
he turned his lips in every direction

Αλλά ποτέ δεν κατάφερε να φιλήσει το χέρι της
πριγκίπισσας
allow pote den katafere nha filisei to car ths prigkipissas
but he never managed to kiss the princess' hand

γιατί η μακριά μύτη του πάντα το εμπόδιζε
giati iii makria myti the panda to impeded
because his long nose always prevented it

Για πρώτη φορά συνειδητοποίησε πόσο μακριά ήταν πραγματικά η μύτη του
gia proti phora syniditised poso makria itan pragmatic iii myti the
For the first time he realized how long his nose really was
"Λοιπόν, πρέπει να παραδεχτώ ότι η μύτη μου είναι πολύ μεγάλη!"
"loipon, prepei nha paradechto oti iii myti mia einai poly megali!"
"well, it must be admitted that my nose is too long!"
Σε μια στιγμή η κρυστάλλινη φυλακή πέταξε σε χίλια θραύσματα
so mia stigmi iii krystallini filaki petakse so kiloa thraysmata
In an instant the crystal prison flew into a thousand splinters
και η παλιά νεράιδα πήρε την αγαπημένη μικρή πριγκίπισσα από το χέρι
kai iii palia neraida pire then agapimeni mikri prigkipissa apo to car
and the old Fairy took the dear little Princess by the hand
«Μπορεί να διαφωνείς μαζί μου, αν θέλεις»
«mporei nha diaphonis mazi mia, anne theleis»
"you may disagree with me, if you like"
«Δεν μου έκανε πολύ καλό να μιλήσω για τη μύτη σου!»
«den mia ekane poly kalo nha miliso gia the myti sou!»
"it did not do much good for me to talk about your

nose!"

«Θα μπορούσα να μιλήσω για τη μύτη σου για μέρες»

«t mporousa nha miliso gia the myti sou gia meres»

"I could have talked about your nose for days"

«Ποτέ δεν θα ανακάλυπτες πόσο εξαιρετικό ήταν»

«pote den t anacalyptes poso exairetiko itan»

"you would never have found out how extraordinary it was"

«Αλλά τότε σε εμπόδισε να κάνεις αυτό που ήθελες»

«allow tote so impeded nha kanis auto pou etheles»

"but then it hindered you from doing what you wanted to"

«Βλέπετε πώς η αγάπη για τον εαυτό μας μας εμποδίζει να γνωρίσουμε τα ελαττώματά μας»

«blepete pos iii agapi gia ton eayto mas mas impede nha gnorisoume ta elattomas mas»

"You see how self-love keeps us from knowing our own defects"

«τα ελαττώματα του νου και του σώματος»

«ta elattomas the noy kai the somatos»

"the defects of the mind, and body"

«Η λογική μας προσπαθεί μάταια να μας δείξει τα ελαττώματά μας»

«iii logic mas prospathei mataia nha mas desxei ta elattomas mas»

"Our reasoning tries in vain to show us our defects"

«Αλλά αρνούμαστε να δούμε τα ελαττώματά μας»

«allow arnumaste nha doume ta elattomas mas»
"but we refuse to see our flaws"
«Τους βλέπουμε μόνο όταν μπαίνουν εμπόδιο»
«these blepoume menu otan mpainoun impeded»
"we only see them when they get in the way"
***τώρα η μύτη του πρίγκιπα Υάκινθου ήταν
ακριβώς όπως όλων των άλλων***
*there iii myti the prigkipa iakinthou itan akrivos opos olon
than allon*
now Prince Hyacinth's nose was just like everyone
else's
***Δεν παρέλειψε να επωφεληθεί από το μάθημα που
είχε λάβει***
*den pareleipse nha epofelithei apo to mathema pou eiche
lavei*
he did not fail to profit by the lesson he had received
Παντρεύτηκε την αγαπημένη μικρή πριγκίπισσα
pandreutike then agapimeni mikri prigkipissa
He married the dear little princess
Και έζησαν ευτυχισμένοι για πάντα
kai ezisan eutychismenoi gia panda
and they lived happily ever after

Τέλος / *telos* / The End

www.tranzlaty.com

www.ingramcontent.com/pod-product-compliance
Lightning Source LLC
Chambersburg PA
CBHW011142190726
48289CB00012B/3127